THE Taco Magician

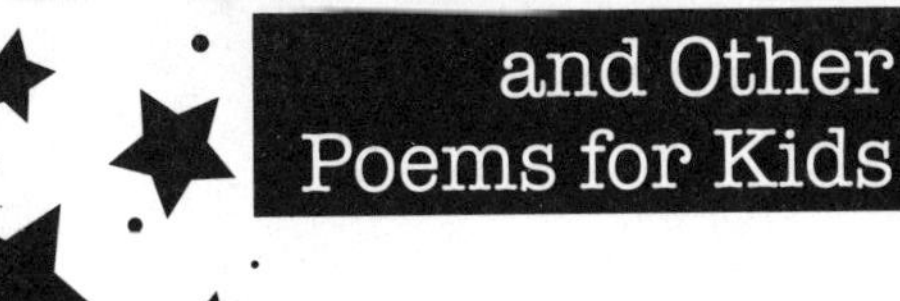

and Other Poems for Kids

THE Taco Magician

and Other Poems for Kids

Diane Gonzales Bertrand

Spanish translation by Rossy Lima-Padilla
Illustrations by Carolyn Dee Flores

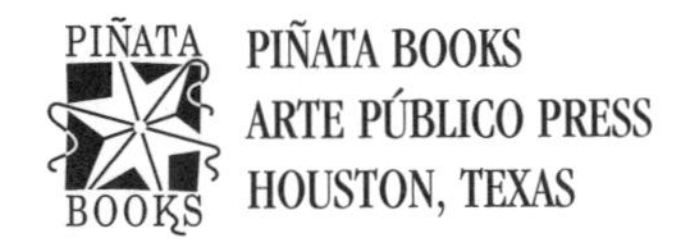

PIÑATA BOOKS
ARTE PÚBLICO PRESS
HOUSTON, TEXAS

The publication of *The Taco Magician and Other Poems for Kids* is funded in part through grants from the National Endowment for the Arts, the Texas Commission on the Arts and the Witter Bynner Foundation for Poetry. We are grateful for their support.

Piñata Books are full of surprises!

Piñata Books
An imprint of
Arte Público Press
University of Houston
4902 Gulf Fwy, Bldg 19, Rm 100
Houston, Texas 77204-2004

Cover design by Mora Des¡gn
Illustrations by Carolyn Dee Flores

Names: Bertrand, Diane Gonzales, author. | Lima, Rossy Evelin, 1986-translator. | Flores, Carolyn Dee, illustrator. | Bertrand, Diane Gonzales. Taco magician and other poems for kids. | Bertrand, Diane Gonzales. Taco magician and other poems for kids. Spanish.
Title: The taco magician and other poems for kids / by Diane Gonzales Bertrand ; Spanish translation by Rossy Lima-Padilla ; illustrations by Carolyn Dee Flores = El mago de los tacos y otros poemas para ninos / por Diane Gonzales Bertrand ; traduccion al espanol de Rossy Lima-Padilla ; ilustraciones de Carolyn Dee Flores.
Other titles: Mago de los tacos y otros poemas para ninos
Description: Houston, Texas : Piñata Books, an imprint of Arte Publico Press, 2019. | Audience: Grades 4-6. | Text in English and Spanish. | Summary: A collection of odes to the moments, memories, and important people and places in life.
Identifiers: LCCN 2019029040 (print) | LCCN 2019029041 (ebook) | ISBN 9781558858916 (paperback) | ISBN 9781518505966 (epub) | ISBN 9781518505973 (kindle edition) | ISBN 9781518505980 (adobe pdf)
Subjects: LCSH: Children's poetry, American. | Hispanic Americans—Juvenile poetry. | CYAC: American poetry. | Hispanic Americans—Poetry. | Spanish language materials—Bilingual.
Classification: LCC PS3602.E76855 A6 2019 (print) | LCC PS3602.E76855 (ebook) | DDC 811/.6—dc23
LC record available at https://lccn.loc.gov/2019029040
LC ebook record available at https://lccn.loc.gov/2019029041

The paper used in this publication meets the requirements of the American National Standard for Information Sciences—Permanence of Paper for Printed Library Materials, ANSI Z39.48-1984.

Printed in the United States of America
October 2019–November 2019
Versa Press, Inc., East Peoria, IL
5 4 3 2 1

Table of Contents

A Taste for Poetry ix

Clapping for Me

A Poem for my *Chanclas* 2
Tiny Toys 3
Blankie 4
In Pepo's Big Chair 5
My Little Sister 6
Cascarones 7
Books Take Me Places 8
Little Soldiers 9
When Abuela Mops her Kitchen 10

Curious Surprises

Piñata Poems 12
Abuelita's Kitchen Table 13
Tía María's Love 14
Daydreams on the Morning Bus Ride . . 15
Walking to School 16
Sleep Had a Slumber Party 18

Sneeze 20
Mom's Superpowers 21
The Taco Magician 22

Poetry Confetti
Puppy's New Chew Toy 26
Ice Cream Rides Down My Street 28
Run-along 29
At the Sweetheart Dances 30
The Sailor of Woodlawn Lake 31
Water Lily 32
My Piñata Cowboy 34
Fishing with Uncle Charlie 36
When the Rains Come 38
On my Mother's Kitchen Table 40

About the Poet 41
Acknowledgements 43

To Vivienne

A Taste for Poetry

Give a child
a taste for poetry.
Let him breathe letters and spaces
        his tongue and ears sounding out words
                hearing them dance together as sentences.
Give a child
a way to find a poem,
letting her discover moments and memories
as she slides between the words,
remaining
        so deep inside her imagination
        she does not notice
                tiny roots of curiosity,
                tender wings of knowledge.

Clapping for Me

A Poem for my *Chanclas*

When I walk
my *chanclas*
clap for me.
My toes wiggle and wave
between thin plastic straps.
Narrow rubber soles
protect my bare feet
from the hot sidewalks.
Chanclas flip-flop
the rules for shoes.
All colors, all sizes,
always ready to go!
Cheers for my *chanclas,*
clapping and clapping for me.

Tiny Toys

I love my *monitos,*
my tiny little toys,
jumping on my pillow,
walking on my cereal bowl,
swimming in my bathtub,
dancing on my window sill,
standing on my birthday cake,
hiding in my pocket.
Monitos fit inside my hands.
With my *monitos,* I never feel alone.

Blankie

I still have my blankie.
Mamá sewed it
before I was born.
Blankie kept me safe
in our hospital room.
Blankie kept me warm
in my new crib.
My blankie smells
like every new place
where I took it.
Mamá says, "Can't take it to school,"
but when I sit at home,
I still wrap my blankie around me,
even though it won't
cover my toes and my shoulders at the same time.

In Pepo's Big Chair

With my cousin and my brother,
we eat cereal and watch TV
sitting in Pepo's big chair.
Later it's our rocket ship
spinning towards planets.
Other times it's our boat
rocking on stormy waters.
Pepo sneaks in, tickles us silly
until we slide off his chair.
When he sits down to watch movies,
there's always room to sit together.
We watch cowboys sing and lasso bad guys,
until we all nap together in Pepo's big chair.

My Little Sister

My little sister's brown curls
fly in every direction.
Her paper scraps, beads, glitter
fly in every direction.
Her stuffed bears, socks, pajamas
fly in every direction.
Her dancing arms and legs
fly in every direction.
Her giggles, her sticky kisses
fly in every direction.
And I fly away, running
in the other direction.

Cascarones

Cascarones are not breakfast eggs,
candy eggs or plastic eggs.

Cascarones are party eggs:
painted with stripes and polka dots,
filled with tiny colorful confetti
and wearing a paper top.

Cascarones are silly eggs,
friends crack-on-your-head eggs,
leaving paper-rainbows-in
your-hair eggs.
Cascarones, cascarones.

Books Take Me Places

When my dad reads to me,
he gives the characters funny voices.

When my mom reads to me,
she adds hugs and kisses to every page.

When my sister reads to me,
she makes up new endings to the stories.

When my brother reads to me,
he asks me questions to see what I remember.

When my aunt reads to me,
she gives me paper to write my own stories.

When I read by myself, my books become friends.
Books take me places I want to go again.

Little Soldiers

We tiptoe quietly,
’cause if we are caught,
we’ll be sent back to bed.

We look from side to side, up and down,
avoiding the creaks
of the old wooden stairs.
Socks keep our feet quiet
as we creep closer to the door frame.

Our necks curve around,
our eyes peeking, blinking,
staring at the face of our sleeping father.

Mission accomplished.
We didn’t dream his hugs and kisses.
Our daddy is home on leave.

When Abuela Mops Her Kitchen

One-two-three-four
we carry the kitchen chairs into the living room.

We climb aboard, chugging upon the seats
as we "choo-choo" along, waving goodbye to Abuela.

When we push chairs into a square, we jump
from seat to seat, escaping crocodiles in the jungle river.

We drag over sofa cushions, building walls
for our secret hideout, watching for pirates or bandits.

When Abuela walks up holding a plate of churros,
we invite her inside our cinnamon palace,

where we eat together and wait for the floor to dry.

Curious Surprises

Piñata Poems

Our piñata swings in the pecan tree branches,
a paper star filled with sweet surprises.
We crack open our piñata to taste the candies inside.

Our words swing along the notebook pages,
a string of poems filled with curious surprises.
We snap open poems to find the message inside.

Abuelita's Kitchen Table

When I sit at your kitchen table,
you give me a life
brown and delicious:
warm raisin tamales, cinnamon *buñuelos.*

Your *chanclas* applaud
as you walk from stove to table
with a bowl of *calabacitas*
or a plate of *arroz con pollo.*

I grab for a *tortilla de maíz*
and flap it like a fan
to chase away
the sting of fresh chile from the *molcajete.*

When I sit at your kitchen table,
Abuelita, your food and your *cuentos*
simmer our love with bubbles of laughter.

Tía María's Love

There's nothing like
Tía María's love,
kissing cheeks,
blessing sneezes.
She smells like *canela*
and roses from her garden.
Smothered in *qué lindos,*
her love feels brown and sweet
like a spoonful of *cajeta*
or a sugar-raisin *tamal.*
Tucked inside her hugs:
a birthday candle's glow,
a pillow's Saturday softness.
Tía María's love
makes me feel
like *una reina,*
not a skinny little girl.

Daydreams on the Morning Bus Ride

Sitting by myself on the bench seat
with only the window glass
to reflect my journey.

Stops and starts
            in amber, red and green.

Watching the walking teens in khaki and white,
an old man talking to a black cat,
the woman in a red scarf eating a grapefruit,
the police officer riding her bike,
a skinny boy laughing at his phone,
the two old ladies sitting on the bench,
resting or waiting, who knows?

Imagining the lives outside my window,
writing their stories inside my head.

Walking to School

Trying to catch a wispy feather
unhinged from a nest,
floating on the morning breeze.

Trying to wrap my hand
around this delicate softness
without crushing or bruising
either of us.

Captured in my loose fist,
I have to decide whether to open up
and risk losing it,
or hold on moments longer
and imagine
its history, its presence.

The present I didn't know I wanted,
and can't wait to open.

My fingers unfold,
the feather lifts me
far beyond school days,
into the blue of Saturday's sky.

SCHOOL BUS

Sleep Had a Slumber Party

I can't sleep,
I hear crickets,
I hear snoring.
I look at the clock,
I sigh, I sigh.
Where is sleep?
I think about spacemen,
I think about sheep,
I think about pizza
with lots of cheese.
I press my eyes closed.
I swallow,
I cough,
I turn on my side.
Midnight passes,
still can't sleep.
Then come the questions,
the worries,
the frowns,
the shadows,
the creaks,
the tangle of blankets,
itchy legs,
wiggling toes,
too cold or
too hot.

Feel like talking to my brother,
but he’s asleep, asleep, asleep,
I’m awake, awake, awake.
I stare at the clock,
feeling
its thin red numbers
leaving stripes across my eyes.
In the morning
everyone knows by
my red sleepy look,
my big yawning mouth,
my hair like weeds,
my breath like a trashcan,
everyone knows
sleep had a slumber party
and I didn’t get invited.

Sneeze

A tickle, an itch, and
I slide my finger under
my nose to stop it,
but the itch turns
into a wiggle, slithering
up my nose into my cheeks,
pushing against
the back of my eyes.
The wiggle becomes a
scratchy rope, closing my
throat until all I can do
is suck air, gasp, gulp,
trying to hold
back the sneeze,
making my eyes water,
my mouth open,
my shoulders stiff.
I want to push it
out of my body.
I huff, pant, heave.
Then a sneeze
blows up:
out air,
out water,
out, out.
And I am breathing again.

Mom's Superpowers

Mom listens with her eyes:
for sad shaking words in my voice,
for happy sounds popping from my lips,
for finding a blessing inside a very bad day.

Mom sees with her fingers:
adjusting my crooked coat,
smoothing my tangled hair,
handing me a cookie after I do my chores.

Mom smells with her ears:
cleaning shoes after stepping in it,
finding the stray puppy hidden under my bed,
stopping the science experiment before it explodes.

Mom speaks love with her nose:
stirring marshmallows into my hot chocolate,
sprinkling extra cinnamon on my *buñuelo,*
cooking *caldo* on a cold winter's day.

Mom teaches me with her words:
repeating times tables,
practicing spelling words,
as she drives me to school.

Mom's superpowers touch my heart,
even when she isn't standing beside me.

The Taco Magician

When our father cooks,
tacos become magic tricks,
surprising us with salty, sweet,
spicy, crunchy combinations
as he transforms leftovers
into breakfast, lunch or supper.

He grabs what we love most,
blends them to fill our tortillas.
Who wouldn't love a taco filled with
avocado, chicken, corn and *queso,*
spaghetti, fish sticks and salsa,
peanut butter, baloney and pears,
fideo, frijoles, fajitas and fries,
pineapple, honey, brisket and pretzels,
macaroni, olives, wieners and pickles?

Like a magic wand,
he stirs circles around the frying pan,
mixing our taco combinations together.
Like a magic cape, he wraps a tortilla
around our wishes, bakes them in the oven.

The taco magician
concocts colorful creations
to dance upon our tongues.

We always clap and cheer for our father,
who takes a bow for the sensational show.

Before we leave the table, the taco magician
has one more surprise up his sleeve:
not a rabbit, not a dove, not a colorful knot of flowers.
Crumbled cupcakes with *cajeta,*
chocolate and marshmallows, melting
inside a warm tortilla,
disappearing in a flash.

Poetry Confetti

Puppy's New Chew Toy

Pushing through the plastic gate, the puppy patters
through an empty apartment.

Wiggling her paunchy self onto the sofa,
she finds a poetry paperback forgotten there.

Puppy's new chew toy
as she chomps on corners,
tears up, rips out pages.

Shreds and scatters   poems
across the cushions,   into the air.

Satisfied
with her word play,
the puppy sniffles
through poetry confetti,

easing
    her lonely little heart into a peaceful puppy sleep.

gold
light
drop
the
smell
piece
rain
a
of
word

Ice Cream Rides Down My Street

To the calliope tune of *Twinkle, Twinkle Little Star,*
ice cream rides down my street
in a yellow van decorated with square stickers
of popsicles, *paletas,* fudgsicles, red-white-blue rockets,
vanilla bars coated in chocolate, cookie cream sandwiches.

Once we hear the melody turn our corner,
we race to sweep loose coins off Grandma's TV,
we beg for extra dollars from Mamá's wallet,
we rattle our piggy banks for dimes and nickels,
we pull from a pocket a rusty quarter found
on the playground during recess.

We run out the door, waving for the driver
to stop at our curb, jumping like little rabbits
until the yellow van parks and the back door opens.
We climb on the bumper, we point at the pictures.
Our mothers, the neighbors and the mail man
step into line for ice cream brought right to our house,
cooling our tongues with vanilla or chocolate,
painting our teeth with red, blue or purple ice.

Run-along

"Ma-rie-le-na!"
Señora Gómez's voice
boomeranged down Texas Avenue
bouncing from doorway to backyard
where we were playing dolls
and had just gotten to the important part
when our make-believe husbands asked for their dinner
and we had just cut up elephant leaves
and made a salad which no one
could really eat because
elephant ear leaves had cut blisters
on our tongues and Linda learned
her lesson last time she was at my house,
but she wouldn't have tasted them again
anyway because her mother called,
"Ma-rie-le-na!"
Like the silver siren
the fire department tested every first Friday
just before ten o'clock Mass
and we'd cover our ears every time
the siren turned in our direction, only
we couldn't cover our ears
when Linda's mother called,
"Ma-rie-le-na!"
since Linda had to go home
right away the moment
her mother's siren
bounced off every house in the neighborhood
and reached the ears of the little girl I called
Linda, never María Elena.

At the Sweetheart Dances

(when my Daddy taught me how)

I bumped the tips of his black dress shoes,
kicked my foot into his shin, but he never,
never stopped dancing or said, "Ouch,"
just kept me moving to the *cumbia* beat
of bass and saxophone as he held me,
dancing us along the floor, in to me and
out from me while we followed the other
Men's Club members dancing with their wives
or daughters in the *cumbia* circle until
Paul Elizondo's orchestra would slide
into a romantic *ranchera* and Daddy would
press his arm around my waist and
weave us through couples, suddenly
swaying as he crooned the Spanish lyrics
in my ear, only to thrust me away,
twirl me under his arm with only my gasp
and his fingertips keeping us together until
he caught me again, kept me on my feet,
and before I could catch my breath,
we moved on to a lively melody,
our shoulders pumping away as he
told me to holler a *grito* while we
bounced our *polkas* across the dance floor.

The Sailor of Woodlawn Lake

My brother Mike set out to conquer Woodlawn Lake
by floating on cardboard boats, bamboo rafts,
wooden planks, two barrels roped together.

Disappointed,
never defeated,
he would try again.

I would love to say
he finally sailed across Woodlawn Lake,
but each raft slowly sank,
a few at the shore, one or two in the middle.

All those afternoons
we stood on the grassy edge,
cheering him on,
pulling him out.

Our muddy hero taught me
to appreciate a double knot,
and the mud from a shallow lake
to cushion our soles
during a long walk home.

Water Lily

To the casting pond across from Woodlawn Lake,
where my brothers trample the muddy edges,
hoping to catch minnows and tadpoles
between willow roots and skinny water reeds,
I run breathless, looking for water lilies,
floating among circles of green leaves.

One sticky morning after an August rain,
I stretch my fingers to touch the ivory petals
waving from the shallow waters. Coaxing
the lily closer both of us shiver from cold water.

With slippery fingers, I cup the blossom and pull,
expecting an easy pop from the lily pads.
That green stem holds firm to its pond.
I tug harder, twist it and yank,
until my trembling fingers let go!
Back-splatting into mud, I learn
survival from a water lily's strong roots.

My Piñata Cowboy

Inside the mercado stall, piñatas hang from the ceiling:
clowns with big red feet to match their paper hats,
pink stars with glitter on their points,
yellow suns and orange moons
with thick paper fringe pasted on their shapes,
pink tissue watermelon slices dotted with black paper seeds,
princesses, frogs, dinosaurs, superheroes with stiff arms.

Hiding in the middle:
a green figure with a pumpkin face
wearing a yellow cowboy hat,
riding a paper pony the size of our dog.
It's the piñata I want for my birthday party.

The gray-haired vendor throws in an old broom stick
decorated with rainbow frills for free.
I feel so proud of my piñata,
sure to make the neighborhood kids laugh
when it's hanging in our backyard pecan tree.

At home, my father fills my piñata cowboy with candy.
Everyone laughs as the horse rides with the breezes.
His mission to pony express a birthday wish just for me.

Birthday girl tries to break the piñata first!
Big brother jerks the rope so I swing circles in the air.
The piñata turns and twists like an acrobat, far away
from my reach.

Mom folds the red bandana into a blindfold,
spins each child three times.
Dizzy little kids at the party take turns,
trying to be the candy champ of the party.
Even with a blind fold, Jerry cracks the horse across the legs,
Tony beats through the paper to a hail storm of candy.
Everyone drops, scrambles, grabs. Candy! Candy! Candy!
Screeching, laughing, laughing and laughing.

Everyone but me.

My horseman pulled to the ground,
caught in a chaos of celebrating.
He's beaten, broken and empty.
Why does no one care?

I leap against the pile of kids,
push sweaty arms, dusty legs out of my way.

Reach deeper for the pitiful paper
cowboy at the bottom of the pile.
I grab as hard as little fingers do.
Pull, pull, untwist left to right,
cracking, snapping his bamboo bones until
he is free of his horse and the greedy,
sticky hands scratching the dirt for candy.

Sighing from my little heart to my dirty toes,
I hug his jagged body with my sore little arms.

I don't let go of him to get cake or presents.

I sleep with my piñata cowboy too.

Fishing with Uncle Charlie

I sleep,
dreaming of riding a dolphin
through blue ripples of the Gulf,
weaving between ferry boats,
salty drops scattering . . .
"*¡Están picando!* Wake up! The fish are biting!"

I open my eyes—darkness
in the early, early morning.
Others grumble in the motel room
as I roll into my blanket on the floor.
"*¡Están picando! ¡Están picando!*"

Uncle Charlie pokes legs and arms, pulls
covers off snuggled bodies, turning me,
my sister, my brothers, my cousins into
startled minnows scurrying in every direction.
"*¡Están picando!*" he says one more time,
leading our sleepy school out the door.

101

When the Rains Come

(*for the children of Houston, Texas*)

When the first rains come, the children
beg their mothers for permission:
May we change into bathing suits?
May we play in the rain?

In pairs and trios, the children
jump off the front porches,
their bare feet clapping
like applause along wet sidewalks.

As raindrops sparkle, the children
celebrate the end of sweaty days,
hot-hot sidewalks, the taste of dust.
Face the splatters, mouths wide open.

When rains spray like a hose full-blast,
the children shiver against cold streams
sloshing their ankles, flicking their eyes.
We don't want to play no more.

Inside their homes, the children
peel down suits, cuddle into warm towels,
gobble crunchy cereal in front of TVs,
cover their faces when thunder grumbles.

When the lights go out, the children
wave flashlights, make animal noises,
build a fort from blankets. Sleep inside
dreaming of mud puddles and rainbows.

When the rain turns hurricane, the children
hear a fist pounding on the door, *Evacuate,*
leave their toys, books and clothes, *everything,*
for the bully named Harvey to take for himself.

On my Mother's Kitchen Table

Where we did homework,
multiplying or spelling
on the table top like scratch paper.

Often my father took a pencil from his pocket,
sketching squares, writing numbers,
as he planned carports, stair railings or window guards
he built for customers across the city.

One day he drew
a vacation road map in X's and O's
from San Antonio to Disneyland.

No yelling if we spilled grape juice
or colored outside the lines.
No worries
rolling out masa for *empanadas*
or sloshing green and blue dyes
to decorate our Easter *cascarones.*

Every night my mother squirted dish soap into the sink rag,
squeezed out the excess through her fingers,
then wiped the table top clean, her invitation
for the next day's working pleasure.

About the Poet

Sitting at the family kitchen table, Diane Gonzales Bertrand wrote her first poems when she was eight years old. She wrote poems about her parents, her five brothers and her sister. She wrote about her grandmothers, her aunts and uncles, and her cousins. Besides poems, Diane wrote plays, essays and stories at Little Flower Elementary School. She kept writing poems and stories as a high school student at Ursuline Academy and as a college student at The University of Texas at San Antonio. She was in graduate school at Our Lady of the Lake University when her first published poem, "Advent on Ruiz Street," appeared in her college literary magazine, *The Thing Itself.*

Her first bilingual picture book for children, *Sip, Slurp, Soup, Soup/Caldo, caldo, caldo* (Piñata Books, 1996) presents a narrative poem, describing memories of her mom cooking soup for the family. Now Diane's poems ride on the city buses during National Poetry Month through the VIA Poetry on the Move program. Her poems celebrate dates in many Texas Poetry Calendars. Her poetry is published in newspapers and magazines, and printed on bookmarks and cards. Diane's poems have also been set to music and performed by St. Mary's University music department.

Her first poetry book, *Dawn Flower,* was published by Pecan Grove Press (2013). Although Diane has written over twenty-five books for children and teens, this collection of poems is her first one for children. Diane is Writer-in-Residence at St. Mary's University in San Antonio, Texas, where she teaches English composition and creative writing.

Acknowledgements

I dedicate this book to my sweet niece, Vivienne MacRae, who shares her smiles as easily as she does her banana bread around the family kitchen table.

And to Nick my husband, Nick my son, my daughter Suzanne and my new son, Perry Stallings, I continue to be blessed by our love as a family.

I appreciate my poetry friends who read drafts and shared ideas to improve my poems. Thank you Cyra, Katy, Lisa, Sally, Margaret, Cathy and Lupe.

Several poems were inspired by family who were promoted to heaven: Michael Gonzales, Consuelo Gonzales, Raymond "Pepo" Gonzales, Charles Gonzales, Raymond Prevott and Ruth Sánchez.

I am so thankful my friend Marina Tristán asked me to develop poetry for a bilingual collection for children. I wrote many new poems, but this book gave me another place to share some of my previously published poems that I love to read at schools, at library events and at gatherings of my friends and family.

I gratefully acknowledge these publications where the following poems in this collection first appeared:

- Alternative draft of "Little Soldiers" first published as "Reconnaissance: Fort Sam Houston, TX" in *Texas Poetry Calendar* 2019

- "My Piñata Cowboy," revised from an original creative non-fiction, "My Piñata Cowboy," published in *Pecan Grove Review XV.*
- A longer version of "Water Lilly" was published as "Lilly, Pad, and Pond" in *Thirty Poems for the Tricentennial: A Poetic Legacy* (2018)
- "Abuelita's Kitchen Table" in *VIA Poetry on the Move* 2016
- "The Sailor of Woodlawn Lake" in *VIA Poetry on the Move* 2014
- "Run-along" in *Dawn Flower* (*Pecan Grove Press,* 2013)
- "At the Sweethearts Dance" in *Texas Poetry Calendar* 2007 and *Dawn Flower* (Pecan Grove Press, 2013)

My deepest respect and gratitude to the hard-working staff at Arte Público Press, who give me wonderful opportunities as an author and poet to share my words, my stories and my poems with readers. Thank you for saying, "Yes," more often than "No," when I have sent a manuscript to your office during the past thirty years. You are compadres to my muse.

And to Zulema, Liz, Linda and Mimi, plus the other friendly ladies in Zumba class: thanks for your *abrazos,* the *cuentos* and *chisme,* and the *muévete* spirit our dancing together gives me. You are the *madrinas* to this collection of poems.

El Mago de los Tacos

y otros poemas para niños

Diane Gonzales Bertrand

Traducción al español de Rossy Lima-Padilla
Ilustraciones de Carolyn Dee Flores

PIÑATA BOOKS
ARTE PÚBLICO PRESS
HOUSTON, TEXAS

La publicación de *El mago de los tacos y otros poemas para niños* ha sido subvencionada en parte por el National Endowment for the Arts, el Texas Commission on the Arts y el Witter Bynner Foundation para poesía. Les agradecemos su apoyo.

¡Piñata Books están llenos de sorpresas!

Piñata Books
An imprint of
Arte Público Press
University of Houston
4902 Gulf Fwy, Bldg 19, Rm 100
Houston, Texas 77204-2004

Diseño de la portada de Mora Des!gn
Ilustraciones de Carolyn Dee Flores

Names: Bertrand, Diane Gonzales, author. | Lima, Rossy Evelin, 1986-translator. | Flores, Carolyn Dee, illustrator. | Bertrand, Diane Gonzales. Taco magician and other poems for kids. | Bertrand, Diane Gonzales. Taco magician and other poems for kids. Spanish.
Title: The taco magician and other poems for kids / by Diane Gonzales Bertrand ; Spanish translation by Rossy Lima-Padilla ; illustrations by Carolyn Dee Flores = El mago de los tacos y otros poemas para ninos / por Diane Gonzales Bertrand ; traduccion al espanol de Rossy Lima-Padilla ; ilustraciones de Carolyn Dee Flores.
Other titles: Mago de los tacos y otros poemas para ninos
Description: Houston, Texas : Piñata Books, an imprint of Arte Publico Press, 2019. | Audience: Grades 4-6. | Text in English and Spanish. | Summary: A collection of odes to the moments, memories, and important people and places in life.
Identifiers: LCCN 2019029040 (print) | LCCN 2019029041 (ebook) | ISBN 9781558858916 (paperback) | ISBN 9781518505966 (epub) | ISBN 9781518505973 (kindle edition) | ISBN 9781518505980 (adobe pdf)
Subjects: LCSH: Children's poetry, American. | Hispanic Americans—Juvenile poetry. | CYAC: American poetry. | Hispanic Americans—Poetry. | Spanish language materials—Bilingual.
Classification: LCC PS3602.E76855 A6 2019 (print) | LCC PS3602.E76855 (ebook) | DDC 811/.6—dc23
LC record available at https://lccn.loc.gov/2019029040
LC ebook record available at https://lccn.loc.gov/2019029041

∞ El papel utilizado en esta publicación cumple con los requisitos del American National Standard for Information Sciences—Permanence of Paper for Printed Library Materials, ANSI Z39.48-1984.

Impreso en los Estados Unidos de América
octubre 2019–noviembre 2019
Versa Press, Inc., East Peoria, IL
5 4 3 2 1

Contenido

Una probada de poesía vii

Aplaudiendo para mí

Un poema a mis chanclas 2
Juguetitos 3
Colchita 4
En la gran silla de Pepo 5
Mi hermanita 6
Cascarones 7
Los libros me llevan a lugares 8
Pequeños soldados 9
Cuando abuela trapea su cocina 10

Sorpresas curiosas

Poemas piñata 12
La mesa de Abuelita 13
El amor de Tía María 14
Fantaseando en el camión de la mañana . 15
Caminando a la escuela 16
El sueño tuvo una pijamada 18
Estornudo 20

Los superpoderes de mamá 21
El mago de los tacos 22

Confeti de poesía
El nuevo juguete de la cachorra 26
El helado se pasea por mi calle 28
A correr 30
En el baile de enamorados 32
El marinero del lago Woodlawn 34
Lirio 35
Mi piñata de vaquero 36
Cuando vienen las lluvias 39
En la mesa de cocina de Mamá 41
Pescando con Tío Charlie 42

Sobre la poeta 45

Agradecimientos 47

Para Vivienne

Una probada de poesía

Dale a un niño
una probada de poesía.
Déjalo respirar letras y espacios
    su lengua y oídos sondeando las palabras
        escuchándolas danzar juntas hechas
          oraciones
Dale a una niña
el camino para encontrar un poema,
dejándola descubrir momentos y memorias
mientras se desliza entre las palabras,
permaneciendo
    tan profundamente dentro de su imaginación
    que no se da cuenta
        de las pequeñas raíces de curiosidad,
        delicadas alas de sabiduría

Aplaudiendo para mí

Un poema para mis chanclas

Cuando camino
mis chanclas
me aplauden.
Mis deditos se mueven y ondean
entre las delgadas correas.
Suelas angostas de goma
protegen mis pies descalzos
de las banquetas calientes.
Las chanclas cambian
las reglas de los zapatos.
Todos los colores, todas las tallas,
¡siempre listas!
Hurra por mis chanclas
aplaudiendo y aplaudiendo para mí.

Juguetitos

Me encantan mis muñequitos,
mis pequeños juguetitos,
brincando en mi almohada,
caminando en mi tazón de cereal,
nadando en mi tina de baño,
bailando en la repisa de la ventana,
parados sobre mi pastel de cumpleaños,
escondidos en mi bolsa.
Los muñequitos caben en mis manos.
Con mis muñequitos nunca me siento sola.

Colchita

Todavía tengo mi colchita.
Mi mamá la cocio
antes de que yo naciera.
Colchita me protegió
en nuestro cuarto de hospital.
Colchita me mantuvo caliente
en mi nueva cuna.
Mi colchita huele
a todos los lugares nuevos
a donde la llevé.
Mi mamá me dice, —No la puedes llevar a la escuela,
—pero cuando estoy en la casa,
todavía me enredo en ella,
aunque no me pueda
cubrir mis pies y mis hombros a la vez.

En la gran silla de Pepo

Con mi primo y mi hermano,
comemos cereal y vemos la tele
sentados en la gran silla de Pepo.
Más tarde es nuestro cohete espacial
girando hacia los planetas.
Otras veces es nuestro bote
meciéndose en aguas tormentosas.
Pepo se escabulle, nos hace cosquillas
hasta que nos resbalamos de su silla.
Cuando él se sienta a ver películas
siempre hay lugar para sentarnos juntos.
Vemos a los vaqueros cantar y atrapar a los malos,
hasta quedarnos dormidos en la gran silla de Pepo.

Mi hermanita

Los risos castaños de mi hermanita
vuelan en todas las direcciones.
Sus pedazos de papel, cuencas, brillantina
vuelan en todas las direcciones.
Sus osos de peluche, calcetines y pijamas
vuelan en todas las direcciones.
Sus brazos y piernas danzantes
vuelan en todas las direcciones.
Sus risitas, sus besitos pegajosos
vuelan en todas direcciones.
Y yo vuelo lejos, corriendo
en la dirección opuesta.

Cascarones

Los cascarones no son huevos de desayuno,
huevos de dulce o huevos de plástico.

Los cascarones son huevos de fiesta:
pintados con líneas y lunares,
llenos de confeti pequeño y colorido
y usando una tapa de papel.

Los cascarones son huevos divertidos,
huevos que los amigos quiebran en tu cabeza,
huevos que dejan arcoíris
en tu cabello.
Cascarones, cascarones.

Los libros me llevan a lugares

Cuando mi papá me lee,
les pone voces divertidas a los personajes.

Cuando mi mamá me lee,
añade abrazos y besitos a cada página.

Cuando mi hermana me lee,
les hace finales diferentes a las historias.

Cuando mi hermano me lee,
me hace preguntas para saber lo que recuerdo.

Cuando mi tía me lee,
me da papel para escribir mis propias historias.

Cuando leo yo sola, mis libros se vuelven amigos.
Los libros me llevan a lugares que quiero visitar de nuevo.

Pequeños soldados

Andamos de puntillas,
porque si nos encuentran,
nos mandan de regreso a la cama.

Miramos a un lado y al otro, arriba y abajo,
esquivando los crujidos
de las viejas escaleras de madera.
Los calcetines silencian nuestros pasos,
mientras nos acercamos al marco de la puerta.

Nuestros cuellos se estiran,
nuestros ojos asomándose, parpadeando,
mirando fijamente la cara dormida de papá.

Misión cumplida.
No soñamos sus besos y abrazos.
Nuestro papi está en casa con licencia.

Cuando abuela trapea su cocina

Uno-dos-tres-cuatro
cargamos las sillas de la cocina hacia la sala.

Brincamos a bordo, traqueteando sobre los asientos
mientras vamos "chucu-chu", diciéndole adiós a Abuela.

Cuando empujamos las sillas en un cuadro, brincamos
de silla en silla, evadiendo cocodrilos en el río de la selva.

Arrastramos los cojines del sofá, construyendo muros
para nuestro escondite secreto, cuidándonos de piratas
o bandidos.

Cuando Abuela llega con un plato de churros,
la invitamos a nuestro palacio de canela,

donde comemos juntos y esperamos que se seque el
piso.

Sorpresas curiosas

Poemas piñata

Nuestra piñata se mece en las ramas del nogal,
una estrella de papel llena de dulces sorpresas.
Rompemos nuestra piñata para probar los dulces de
adentro.

Nuestras palabras se mecen dentro de los cuadernos,
una cuerda de poemas llena de sorpresas curiosas.
Abrimos nuestros poemas para encontrar el mensaje
adentro.

La mesa de Abuelita

Cuando me siento en la mesa de su cocina
usted me da una vida
morena y deliciosa:
tamales de pasas calientitos, buñuelos de canela.

Sus chanclas aplauden
mientras caminan de la estufa a la mesa
con un tazón de calabacitas
o un plato de arroz con pollo.

Agarro una tortilla de maíz
y la sacudo como abanico
para que se vaya
el picor del chile fresco del molcajete.

Cuando me siento en la mesa de su cocina,
Abuelita, su comida y sus cuentos
borbotean nuestro amor con burbujas de risas.

El amor de Tía María

No hay nada como
el amor de Tía María,
besando mejillas,
bendiciendo estornudos.
Ella huele a canela
y a las rosas de su jardín.
Llenos de "qué lindos",
su amor es café y dulce
como una cucharada de cajeta
o un tamal de azúcar y pasas.
Escondido en el interior de sus abrazos:
el brillo de una vela de cumpleaños,
la suavidad de una almohada en sábado.
El amor de Tía María
me hace sentir
como una reina,
no como una niña frágil.

Fantaseando en el camión de la mañana

Sentada solita en el asiento corrido
sólo con el vidrio de la ventana
reflejando mi trayecto.

Paradas y arranques
        en amarillo, rojo y verde.

Viendo andar a los adolecentes en caqui y blanco,
a un anciano hablar con un gato negro,
a una mujer con mascada roja comer toronja,
la oficial de policía pedaleando su bicicleta,
un niño delgado sonriéndole a su celular,
las dos señoras sentadas en la banca,
descansando o esperando, ¿quién sabe?

Imaginando las vidas al otro lado del cristal,
escribiendo sus historias dentro de mi mente.

Caminando a la escuela

Tratando de atrapar una pluma delgada
caída de un nido,
flotando en la brisa mañanera.

Tratando de enredar mi mano
alrededor de su delicada suavidad
sin aplastar o magullar
a ninguna de las dos.

Capturada en mi puño suelto,
tengo que decidir si abrirlo
y arriesgar perderla,
o sostenerla por otro momento
e imaginar
su historia, su presencia.

El regalo que no sabía que quería,
y ahora no puedo esperar a abrir.

Mis dedos se abren,
la pluma me eleva
más allá de los días de escuela,
hacia el azul del cielo del sábado.

SCHOOL BUS

El sueño tuvo una pijamada

No puedo dormir,
escucho grillos,
escucho ronquidos.
Miro el reloj,
suspiro, suspiro.
¿Dónde está el sueño?
Pienso en astronautas,
pienso en ovejas,
pienso en pizza
con mucho queso.
Aprieto mis ojos cerrados.
Paso saliva,
toso,
me doy vuelta.
La medianoche pasa,
y todavía no puedo dormir.
Entonces llegan las preguntas,
las preocupaciones,
las ceños fruncidos,
las sombras,
los crujidos,
el nudo de cobijas,
piernas con comezón,
dedos de los pies meneándose,
mucho frío o

mucho calor.
Quiero hablarle a mi hermano,
pero él está dormido, dormido, dormido,
y yo despierta, despierta, despierta.
Miro el reloj,
sintiendo
sus delgados números rojos
dejando líneas a través de mis ojos.
En la mañana
todos saben
por mi mirada roja de sueño,
mi boca grande bostezando,
mi cabello como hierbajos,
mi aliento de basurero,
todos saben
que el sueño tuvo una pijamada
y no me invitó.

Estornudo

Un cosquilleo, comezón, y
deslizo mi dedo debajo
de mi nariz para detenerlo,
pero la comezón se vuelve
un meneo, resbalándose
por mi nariz hacia mis mejillas,
empujando contra
la parte posterior de mis ojos.
El meneo se vuelve una
cuerda áspera, cerrando mi garganta
hasta que todo lo que puedo hacer
es aspirar, jadear, tragar,
tratar de detener
el estornudo,
haciendo lagrimear mis ojos,
mi boca abierta,
hombros tensos.
Quiero empujarlo
fuera de mi cuerpo.
Resoplo, bufo, jadeo.
Entonces un estornudo
estalla:
fuera aire,
fuera agua,
fuera, fuera.
Y estoy respirando de nuevo.

Los superpoderes de mamá

Mamá escucha con sus ojos
tristes palabras temblorosas en mi voz,
sonidos alegres brotando de mis labios,
para encontrar una bendición en un día muy malo.

Mamá ve con sus dedos:
ajustando mi abrigo,
desenredando mi pelo,
dándome una galleta después de mis deberes.

Mamá huele con sus oídos,
mientras zapateo en la casa después del béisbol,
encuentra al cachorro callejero bajo mi cama,
detiene el experimento de ciencia antes de que explote.

Mamá habla amor con su nariz:
revolviendo malvaviscos en mi chocolate caliente,
espolvoreando canela extra en mi buñuelo,
cocinando caldo en un día frío de invierno.

Mamá me enseña con sus palabras:
repitiendo las tablas de multiplicar,
practicando deletrear palabras,
mientras me lleva a la escuela.

Los superpoderes de mamá me tocan el corazón,
incluso cuando no está a mi lado.

El mago de los tacos

Cuando nuestro papá cocina,
los tacos son un truco de magia,
sorprendiéndonos con combinaciones
saladas, dulces, picantes, crujientes
mientras transforma las sobras
en desayuno, almuerzo o cena.

Él agarra lo que más nos gusta,
lo mezcla para llenar nuestras tortilla.
¿A quién no le gustaría un taco lleno
de aguacate, pollo, elote y queso,
espagueti, tiras de pescado y salsa,
crema de cacahuate, mortadela y peras,
fideo, frijoles, fajitas y papas fritas,
piña, miel, carne de res y pretzels,
coditos, olivas, salchichas y pepinillos?

Como una varita mágica,
hace círculos en la sartén,
mezclando nuestras combinaciones de tacos.
Como una capa mágica, envuelve una tortilla
alrededor de nuestros deseos, las pone a hornear.

El mago de los tacos
construye creaciones coloridas
para que bailen en nuestras lenguas.
Siempre aplaudimos y ovacionamos a nuestro papá,
quien hace una reverencia por el show sensacional.

Antes de dejar la mesa, el mago de los tacos
tiene una sorpresa más bajo la manga:
no es un conejo, no es una paloma, no es un ramo
colorido.
Quequitos desmenuzados con cajeta,
chocolate y malvaviscos, derritiéndose
dentro de una tortilla calientita,
desapareciendo como relámpago.

Confeti de poesía

El nuevo juguete de la cachorra

Empujando la puerta de plástico, las pisadas de la cachorra
a través de un apartamento vacío.

Moviéndose panzoncita hacia el sofá,
encuentra un librito de poesía olvidado ahí.

El nuevo juguete de la cachorra
mientras mordisquea las esquinas,
arranca las páginas.

Hace tiras y riega poemas
a través de los cojines, en el aire.

Satisfecha
con su juego de palabras,
la cachorra olfatea
entre el confeti de poesía,

calmando
su pequeño corazón solitario en un
tranquilo sueño de cachorro.

smell
gold
light
piece
drop
the
rain
a
of
word

El helado se pasea por mi calle

Al son calíope de *Estrellita, dónde estás,*
el helado se pasea por mi calle
en una camioneta amarilla decorada con estampas
cuadradas
de paletas de hielo, paletas de chocolate, cohetes
rojo-blanco-azul,
barras de vainilla cubiertas de chocolate, sándwiches
de helado y galleta.

Cuando escuchamos a la melodía doblar la esquina,
corremos para tomar las monedas sueltas en la tele
de Abuela,
le rogamos a mamá por dólares extra en su cartera,
sacudimos nuestra alcancía para encontrar monedas
de 5 y 10 centavos,
sacamos de nuestra bolsa una peseta oxidada que
encontramos
en el patio durante el recreo.

Salimos corriendo por la puerta, agitando la mano al
conductor
para que se detenga en nuestra acera, brincando como
conejitos
hasta que la camioneta amarilla se detiene y la puerta
de atrás se abre.

Subimos al parachoques, apuntamos a las estampas.
Nuestras madres, los vecinos y el cartero
se ponen en la fila para el helado que llegó a nuestra
casa,
refrescando nuestras lenguas con vainilla o chocolate,
pintando nuestros dientes con hielo rojo, azul o
morado.

A correr

"¡Ma-rie-le-na!"
La voz de la señora Gómez
resonó en la avenida Texas
retumbando de la puerta al patio trasero
dónde jugábamos a las muñecas
y estábamos en la parte importante
cuando nuestros esposos de mentiritas
nos pedían la cena
y acabábamos de cortar unas hojas orejonas
para hacer una ensalada que nadie podría comer
porque las hojas oreja de elefante hacen ampollas
en nuestras lenguas y Linda aprendió
la lección la última vez que vino a mi casa,
pero aún así no las hubiera vuelto a probar
porque su mamá la llamó,
"Ma-rie-le-na!"
Como la sirena plateada
que los bomberos prueban cada primer viernes
justo antes de la Misa de las diez
y nos cubrimos los oídos cada vez
que la sirena gira en nuestra dirección, pero
no nos pudimos cubrir los oídos
cuando la mamá de Linda la llamó,
"¡Ma-rie-le-na!"

ya que Linda se tuvo que ir a casa
en el preciso momento
que la sirena de su mamá
retumbó en cada casa del vecindario
y alcanzó los oídos de la pequeña niña que yo
llamaba
Linda, nunca María Elena.

En el baile de enamorados

(cuando mi papá me enseñó a bailar)

Choqué las puntas de sus zapatos negros de vestir,
azoté mi pie en su espinilla, pero nunca, nunca
dejó de bailar ni dijo "Ay", sólo me mantuvo en
movimiento
al ritmo del bajo y el saxofón de la cumbia, mientras
me abrazaba,
bailando por toda la pista, hacia mí y hacia afuera
mientras seguíamos a otros miembros del Club de
Caballeros
que bailaban con sus esposas o hijas en el círculo de
la cumbia
hasta que la orquesta de Paul Elizondo se deslizara
hacia una ranchera romántica y Papá pusiera su brazo
alrededor de mi cintura y nos serpenteara entre las
parejas,
deslizándonos repentinamente mientras canturreaba
la letra en español
en mi oído, sólo para aventarme en una voltereta
bajo su brazo
con mi último aliento y sus dedos manteniéndonos
unidos hasta
atraparme otra vez, manteniéndome de pie, y antes
de poder tomar aire,

cambiamos a una melodía
  animada,
nuestros hombros brincaban mientras me decía que
  lanzara un grito
mientras saltábamos con nuestras polkas a través
  de la pista de baile.

El marinero del lago Woodlawn

Mi hermano Mike decidió conquistar el lago Woodlawn
flotando en barcos de cartón, balsas de bambú,
tablones de madera, dos barriles atados.

Decepcionado,
nunca derrotado,
trataría otra vez.

Me gustaría decir
que finalmente navegó a través del lago Woodlawn,
pero cada balsa se hundió lentamente,
algunas en la orilla, una o dos en medio.

Todas esas tardes
parados en la orilla herbosa,
echándole porras,
sacándolo de ahí.

Nuestro lodoso héroe me enseñó
a apreciar el doble nudo,
y el lodo de un lago poco profundo
para acolchonar nuestras suelas
en nuestro largo camino a casa.

Lirio

Al estanque de pescar frente al lago Woodlawn,
donde mis hermanos pisotean las orillas lodosas,
esperando pescar pequeños peces y renacuajos
entre las raíces de sauce y las angostas cañas de agua,
corro sin aliento, buscando lirios,
flotando entre círculos de hojas verdes.

Una mañana pegajosa después de la lluvia de agosto,
estiré mis dedos para tocar los pétalos de marfil
ondeándose desde las aguas llanas. Persuadiendo
al lirio para acercarse, ambos nos estremecemos por
el agua fría.

Con dedos resbalosos, tomo la flor y jalo,
esperando un pum fácil del tallo del lirio.
El tallo verde se mantiene firme en su estanque.
Tiro con más fuerza, tuerzo y jalo,
¡hasta que mis dedos temblorosos lo dejan ir!
Cayendo de espaldas al lodo, aprendo de
sobrevivencia de las raíces fuertes del lirio.

Mi piñata de vaquero

En del puesto del mercado cuelgan las piñatas del techo,
payasos con zapatos rojos que hacen juego con sus sombreros de papel,
estrellas rosadas con brillantes en sus picos,
soles amarillos y lunas color naranja
con gruesos holanes de papel pegados en sus formas,
rebanadas de sandía de papel salpicadas con semillas de papel negro,
princesas, ranas, dinosaurios, súper héroes con brazos tiesos.

Escondido en el medio:
una figura verde con cara de calabaza
lleva un sombrero de vaquero amarillo,
monta un poni de papel del tamaño de nuestro perro.
Es la piñata que quiero para mi cumpleaños.

El vendedor de pelo canoso nos regala un viejo palo de escoba
decorado con volantes de color arcoíris.
Me siento orgullosa de mi piñata,
segura que hará reír a los niños del barrio
cuando cuelgue del nogal en nuestro patio.

En casa, papá llena la piñata de vaquero con dulces.
Todos ríen cuando el vaquero monta en el viento.
Su misión es hacer llegar un deseo de cumpleaños
sólo para mí.

¡La cumpleañera le pega a la piñata primero!
Mi hermano mayor jala la cuerda y doy golpes al
aire.
La piñata gira y se tuerce como un acróbata, lejos
de mi alcance.

Mamá dobla el pañuelo rojo como una venda,
hace girar a cada niño tres veces.
Los niños mareados se toman turnos
tratando de ser el campeón de los dulces en la fiesta.
Hasta con la venda en los ojos, Jerry golpea las
patas del caballo,
Tony bate el papel hasta crear una granizada de
dulces.
Todos se tiran, se pelean, se agarran. ¡Dulces!
¡Dulces! ¡Dulces!
Chillando, riendo, riendo y riendo.

Todos menos yo.

Mi jinete está en el suelo,
atrapado en el caos de la celebración.
Está golpeado, roto y vacío.
¿Por qué no les importa?

Salto encima de la pila de niños,
alejo brazos sudorosos y piernas de mi camino.

Me estiro para alcanzar al patético vaquero
de papel en el fondo de la pila.
Lo sujeto con toda la fuerza de unos deditos.
Jalo, jalo y tuerzo de izquierda a derecha,
rompiendo, quebrando sus huesos de bambú
hasta que lo libero de su caballo y de la avaricia
de las manos pegajosas que arañan la tierra en busca
de dulces.

Suspirando desde mi corazoncito hasta los dedos
sucios de mis pies,
con mis bracitos adoloridos, abrazo su cuerpo
maltratado.

No lo suelto para comer pastel o abrir regalos.

También duermo con mi vaquero piñata.

Cuando vienen las lluvias

(*para los niños de Houston, Texas*)

Cuando las primeras lluvias llegan, los niños
les ruegan a sus madres por permiso:
¿Podemos ponernos nuestros trajes de baño?
¿Podemos jugar en la lluvia?

En pares y tríos, los niños
brincan de los porches,
sus pies descalzos palmeando
aplausos a través de las banquetas mojadas.

Mientras las gotas resplandecen, los niños
celebran el fin de los días sudorosos,
banquetas calientes-calientes, el sabor del polvo.
Enfrentan las salpicaduras, bocas bien abiertas.

Cuando las lluvias rocían como manguera a toda
presión
los niños tiritan contra corrientes frías
chapoteando sus tobillos, chasqueando sus ojos.
Ya no queremos jugar más.

En sus casas, los niños
se quitan sus trajes, se acurrucan en toallas calientitas,
devoran cereal crujiente frente a la tele,
se cubren la cara cuando ruje un trueno.

Cuando las luces se apagan, los niños
ondean linternas, hacen ruidos de animales,
construyen una fortaleza de sábanas y duermen adentro
soñando con los charcos de lodo y los arcoírises.

Cuando la lluvia se vuelve huracán, los niños
escuchan el primer golpeteo en la puerta, *Evacúen,*
dejan sus juguetes, libros y ropas, *todo,*
para que se lo lleve el bravucón llamado Harvey.

En la mesa de cocina de Mamá

En donde hacíamos tarea,
multiplicábamos o deletreábamos
en la mesa, como un pedazo de papel.

A menudo mi padre tomaba un lápiz de su bolsa,
dibujando cuadrados, escribiendo números,
mientras planeaba techados, barandales o enrejados
que construía para clientes de la ciudad.

Un día dibujó
una ruta de vacaciones con Xs y Os
de San Antonio a Disneylandia.

Sin gritos si tirábamos el jugo de uva
o coloreábamos fuera del borde.
Sin preocupaciones
estirando la masa para las empanadas
o salpicando tintes verdes y azules
para decorar nuestros cascarones de Pascua.

Cada noche mi madre rociaba jabón en el trapo del
  fregadero,
exprimiendo el exceso a través de sus dedos,
limpiando la mesa como una invitación
para el trabajo placentero del siguiente día.

Pescando con Tío Charlie

Duermo,
soñando con montar un delfín
a través de las ondas azules del Golfo,
tejiendo entre los transbordadores,
dispersando gotas saladas. . .
"¡Están picando! ¡Despiértate! ¡Los peces están
picando!

Abro mis ojos —oscuridad
temprano, temprano en la mañana.
Otros refunfuñan en el cuarto del motel
mientras yo me enrollo en mi colcha en el suelo.
"¡Están picando! ¡Están picando!"

Mi tío Charlie nos empuja las piernas y los brazos,
jala las cobijas alrededor de nosotros, convirtiéndo-
me a mí,
a mi hermana, mis hermanos, mis primos
en pececillos asustados escabulléndose en todas
direcciones.
"¡Están picando!" dice una vez más,
guiándonos como peces somnolientos hacia la puerta.

101

Sobre la poeta

Diane González Bertrand escribió sus primeros poemas a los ocho años, sentada en la mesa familiar de la cocina. Escribió sobre sus padres, sus cinco hermanos y su hermana. Escribió poemas sobre sus abuelas, sus tías y tíos, y sus primos. Además de poemas, Diane escribió obras de teatro, ensayos e historias en la escuela primaria Little Flower. Siguió escribiendo poemas e historias como estudiante de preparatoria en la Academia Ursuline y como estudiante en la Universidad de Texas en San Antonio. Estaba en la escuela graduada en la Universidad Our Lady of the Lake cuando publicó su primer poema, "Adviento on Ruiz Street," publicado en la revista literaria de la institución, *The Thing itself.*

Su primer libro ilustrado para niños, *Sip, Slurp, Soup, Soup/ Caldo, caldo, caldo* (Piñata Books, 1996) presenta un poema narrativo, describiendo las memorias de su mamá cocinando caldo para la familia. Ahora los poemas de Diane viajan en autobuses de la ciudad de San Antonio, Texas, durante el mes nacional de la poesía, patrocinado por el programa *VIA Poesía en movimiento.* Sus poemas celebran fechas en muchos calendarios de poesía de Texas. Su poesía ha sido publicada en periódicos y revistas, e impresa en separadores de libros y tarjetas. Los poemas de Diane también han sido musicalizados y representados por el departamento de música de la Universidad St. Marys.

Su primer libro de poesía, *Dawn Flower,* fue publicado por Pecan Grove Press (2013). Aunque Diane ha escrito más de veinticinco libros para niños y adolecentes, esta colección de poemas es la primera para niños. Diane es una escritora en residencia en la Universidad de St. Marys en San Antonio Texas, en donde enseña escritura en inglés y escritura creativa.

Agradecimientos

Dedico este libro a mi dulce nieta, Vivienne MacRae, quien comparte sus sonrisas alrededor de la mesa familiar tan fácilmente como la forma en la que cocina pan de plátano.

También para Nick mi esposo, Nick mi hijo, mi hija Suzanne y mi nuevo hijo, Perry Stallings, continúo siendo bendecida por nuestro amor como familia.

Aprecio a mis amigos de pluma, quienes leen borradores y comparten ideas para mejorar mis poemas. Gracias Cyra, Katy, Lisa, Sally, Margaret, Cathy y Lupe.

Varios poemas fueron inspirados por familia que ha ascendido al cielo: Michael Gonzales, Consuelo Gonzales, Raymond “Pepo” Gonzales, Charles Gonzales, Raymond Prevott y Ruth Sánchez.

Estoy tan agradecida de que mi amiga Marina Tristán me haya pedido desarrollar poesía para una colección bilingüe para niños. Escribí muchos poemas nuevos, pero este libro me dio un nuevo lugar para compartir algunos poemas que había publicado anteriormente y que me encanta leer en las escuelas, las bibliotecas y en reuniones con mis amigos y familia.

Agradezco profundamente a estas publicaciones dónde aparecieron publicados estos poemas por primera vez:

- Borrador alternativo de "Pequeños soldados" publicado por primera vez como "Reconnaissance: Fort Sam Houston, TX" en el *Texas Poetry Calendar* 2019-04-30
- "Mi piñata de vaquero," revisado de un original de prosa creativa, "My Piñata Cowboy" publicado en *Pecan Grove Review XV*
- Una versión más larga de "Lirio" fue publicada como Lilly, Pad, and Pond" en *Thirty Poems for the Tricentennial: A Poetic Legacy* (2018)
- "La mesa de abuelita" en *VIA Poetry on the Move* 2016
- El marinero de Woodlawn Lake" en *VIA Poetry on the Move* 2014
- "A correr" en *Dawn Flower* (Pecan Grove Press, 2013)
- "En el baile de enamorados" en *Texas Poetry Calendar* 2007 y *Dawn Flower* (Pecan Grove Press, 2013)

Mi más profundo respeto y gratitud al dedicado equipo de Arte Público Press, quienes me dan oportunidades maravillosas como autora y poeta para compartir mis palabras, mis historias y mis poemas con lectores. Gracias por decir "Sí" más que "No" cuando he mandado un manuscrito a su oficina durante los últimos treinta años. Son compadres de mi musa.

También a Zulema, Liz, Linda y Mimi, más las otras damas amistosas en la clase de Zumba: gracias por sus abrazos, los cuentos y el chisme, y el espíritu "muévete" que me da nuestra danza juntas. Son las madrinas de esta colección de poemas.